押絵と旅する男

江戸川　乱歩　+　しきみ

初出：「新青年」1929年6月

江戸川乱歩

明治27年（1894年）三重県生まれ。早稲田大学卒業。雑誌編集、新聞記者などを経て、「二銭銅貨」でデビュー。明智小五郎を主人公とする探偵小説など、数多くの作品を執筆。主な著書に、『怪人二十面相』、『少年探偵団』などがある。

絵・しきみ

イラストレーター。東京都在住。『刀剣乱舞』など、有名オンラインゲームのキャラクターデザインのほか、多くの書籍の装画やファッションブランドとのコラボレーションを手がけている。著書に『猫町』（乙女の本棚、萩原朔太郎＋しきみ）、『獏の国』がある。

この話が私の夢か私の一時的狂気の幻《まぼろし》でなかったならば、あの押絵《おしえ》と旅をしていた男こそ狂人であったに相違《そうい》ない。だが、夢が時として、どこかこの世界と喰違《くいちが》った別の世界を、チラリと覗《のぞ》かせてくれる様《よう》に、又《また》狂人が、我々の全《まった》く感じ得ぬ物事を見たり聞いたりすると同じに、これは私が、不可思議な大気のレンズ仕掛けを通して、一刹那《いっせつな》、この世の視野の外にある、別の世界の一隅《いちぐう》を、ふと隙見《すきみ》したのであったかも知れない。

いつとも知れぬ、ある暖かい薄曇った日のことである。その時、私は態々《わざわざ》魚津へ蜃気楼《しんきろう》を見に出掛けた帰り途《みち》であった。私がこの話をすると、時々、お前は魚津なんかへ行ったことはないじゃないかと、親しい友達に突っ込まれることがある。そう云《い》われて見ると、私は何時《いつ》の何日に魚津へ行ったのだと、ハッキリ証拠を示すことが出来ぬ。それではやっぱり夢であったのか。だが私は嘗《かつ》て、あのように濃厚な色彩を持った夢を見たことがない。夢の中の景色《けしき》は、映画と同じに、全く色彩を伴わぬものであるのに、あの折《おり》の汽車の中の景色丈《だ》けは、それもあの毒々しい押絵の画面が中心になって、紫と臙脂《えんじ》の勝《かつ》た色彩で、まるで蛇《へび》の眼の瞳孔《どうこう》の様に、生々しく私の記憶に焼《やき》ついている。着色映画の夢というものがあるのであろうか。

私はその時、生れて初めて蜃気楼というものを見た。蛤《はまぐり》の息の中に美しい龍宮城《りゅうぐうじょう》の浮んでいる、あの古風な絵を想像していた私は、本物の蜃気楼を見て、膏汗《あぶらあせ》のにじむ様な、恐怖に近い驚きに撃たれた。

魚津の浜の松並木に豆粒の様な人間がウジャウジャと集まって、息を殺して、眼界一杯の大空と海面とを眺めていた。私はあんな静かな、唖の様にだまっている海を見たことがない。日本海は荒海と思い込んでいた私には、それもひどく意外であった。その海は、灰色で、全く小波《さざなみ》一つなく、無限の彼方《かなた》にまで打続く沼かと思われた。そして、太平洋の海の様に、水平線はなくて、海と空とは、同じ灰色に溶け合い、厚さの知れぬ靄《もや》に覆いつくされた感じであった。空だとばかり思っていた、上部の靄の中を、案外にもそこが海面であって、フワフワと幽霊の様な、大きな白帆《しらは》が滑って行ったりした。

蜃気楼とは、乳色《ちちいろ》のフィルムの表面に墨汁《ぼくじゅう》をたらして、それが自然にジワジワとにじんで行くのを、途方《とほう》もなく巨大な映画にして、大空に映し出した様なものであった。

遙《はる》かな能登《のと》半島の森林が、喰違《くいちが》った大気の変形レンズを通して、すぐ目の前の大空に、焦点のよく合わぬ顕微鏡《けんびきょう》の下の黒い虫みたいに、曖昧《あいまい》に、しかも馬鹿馬鹿しく拡大されて、見る者の頭上におしかぶさって来るのであった。それは、妙な形の黒雲と似ていたけれど、黒雲なればその所在がハッキリ分っているに反し、蜃気楼は、不思議にも、それと見る者との距離が非常に曖昧なのだ。遠くの海上に漂う大入道《おおにゅうどう》の様でもあり、ともすれば、眼前一尺に迫る異形《いぎょう》の靄かと見え、はては、見る者の角膜《かくまく》の表面に、ポッツリと浮んだ、一点の曇りの様にさえ感じられた。この距離の曖昧さが、蜃気楼に、想像以上の不気味な気違いめいた感じを与えるのだ。

　曖昧な形の、真黒な巨大な三角形が、塔の様に積重なって行ったり、またたく間にくずれたり、横に延びて長い汽車の様に走ったり、それが幾つかにくずれ、立並《たちなら》ぶ檜《ひのき》の梢《こずえ》と見えたり、じっと動かぬ様でいながら、いつとはなく、全く違った形に化けて行った。

　蜃気楼の魔力が、人間を気違いにするものであったなら、恐らく私は、少くとも帰り途の汽車の中までは、その魔力を逃れることが出来なかったのであろう。二時間の余《よ》も立ち尽して、大空の妖異を眺めていた私は、その夕方魚津を立って、汽車の中に一夜を過ごすまで、全く日常と異った気持でいたことは確《たしか》である。若《も》しかしたら、それは通り魔の様に、人間の心をかすめ冒《おか》す所の、一時的狂気の類《たぐい》ででもあったであろうか。

魚津の駅から上野への汽車に乗ったのは、夕方の六時頃であった。不思議な偶然であろうか、あの辺の汽車はいつでもそうなのか、私の乗った二等車は、教会堂の様にガランとしていて、私の外《ほか》にたった一人の先客が、向うの隅《すみ》のクッションに蹲《うずくま》っているばかりであった。

汽車は淋《さび》しい海岸の、けわしい崖《がけ》や砂浜の上を、単調な機械の音を響かせて、際《はて》しもなく走っている。沼の様な海上の、靄の奥深く、黒血《くろち》の色の夕焼が、ボンヤリと感じられた。異様に大きく見える白帆が、その中を、夢の様に滑っていた。少しも風のない、むしむしする日であったから、所々開かれた汽車の窓から、進行につれて忍び込むそよ風も、幽霊《ゆうれい》の様に尻切れとんぼであった。沢山《たくさん》の短いトンネルと雪除《よ》けの柱の列が、広漠《こうばく》たる灰色の空と海とを、縞目《しまめ》に区切って通り過ぎた。

親不知の断崖を通過する頃、車内の電燈と空の明るさとが同じに感じられた程、夕闇が迫って来た。丁度その時分向うの隅のたった一人の同乗者が、突然立上って、クッションの上に大きな黒繻子《くろじゅす》の風呂敷《ふろしき》を広げ、窓に立てかけてあった、二尺に三尺程の、扁平《へんぺい》な荷物を、その中へ包み始めた。それが私に何とやら奇妙な感じを与えたのである。

その扁平なものは、多分額《がく》に相違ないのだが、それの表側の方を、何か特別の意味でもあるらしく、窓ガラスに向けて立てかけてあった。一度風呂敷に包んであったものを、態々《わざわざ》取出して、そんな風に外に向けて立てかけたものとしか考えられなかった。それに、彼が再び包む時にチラと見た所によると、額の表面に描かれた極彩色の絵が、妙に生々しく、何となく世の常《つね》ならず見えたことであった。

私は更《あらた》めて、この変《へん》てこな荷物の持主を観察した。そして、持主その人が、荷物の異様さにもまして、一段と異様であったことに驚かされた。

彼は非常に古風な、我々の父親の若い時分の色あせた写真でしか見ることの出来ない様な、襟《えり》の狭い、肩のすぼけた、黒の背広服を着ていたが、併《しか》しそれが、背が高くて、足の長い彼に、妙にシックリと合って、甚《はなは》だ意気《いき》にさえ見えたのである。顔は細面《ほそおもて》で、両眼が少しギラギラし過ぎていた外は、一体によく整っていて、スマートな感じであった。そして、綺麗《きれい》に分けた頭髪が、豊に黒々と光っているので、一見四十前後であったが、よく注意して見ると、顔中に夥《おびただ》しい皺《しわ》があって、一飛びに六十位にも見えぬことはなかった。この黒々とした頭髪と、色白の顔面を縦横にきざんだ皺との対照が、初めてそれに気附いた時、私をハッとさせた程も、非常に不気味な感じを与えた。

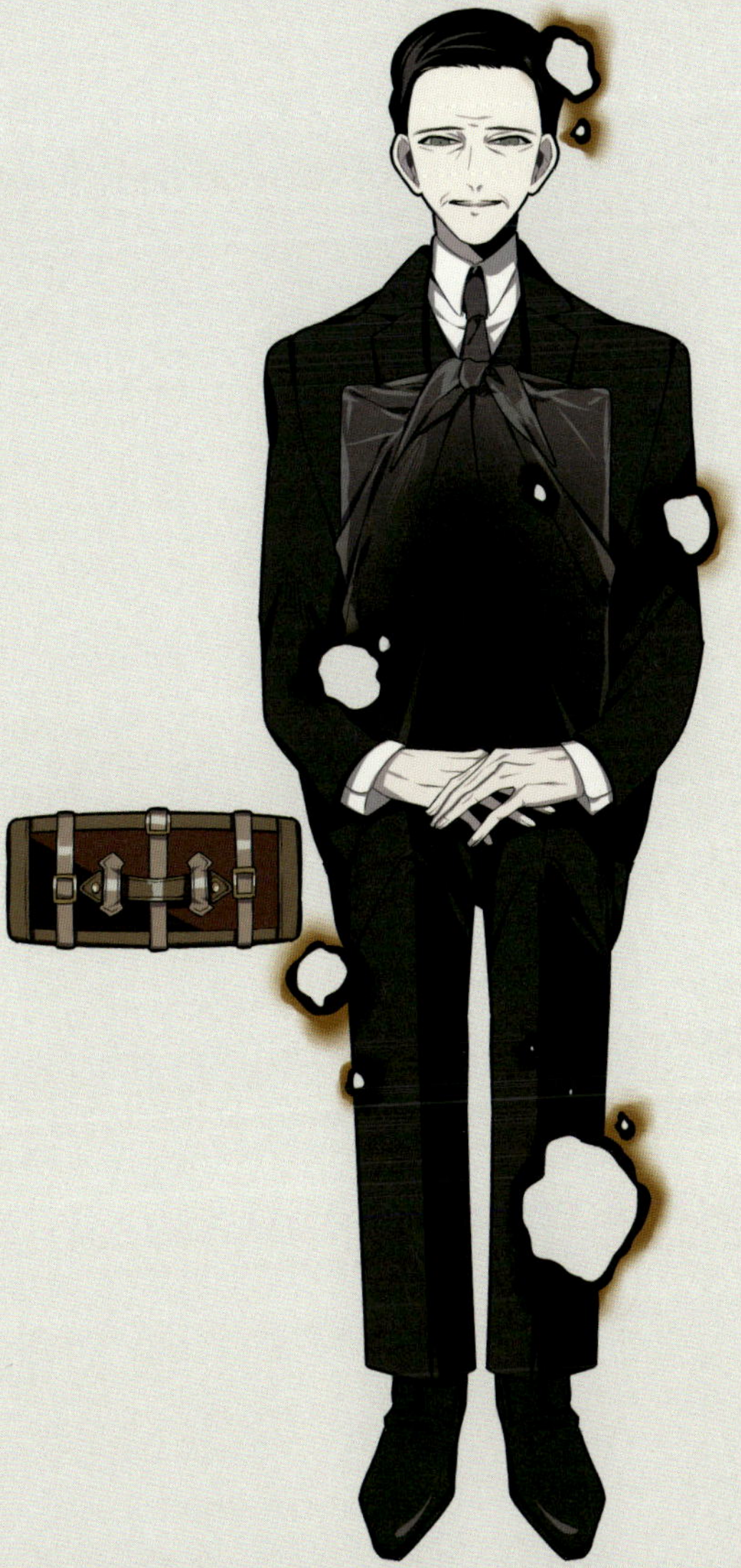

彼は叮嚀《ていねい》に荷物を包み終ると、ひょいと私の方に顔を向けたが、丁度私の方でも熱心に相手の動作を眺めていた時であったから、二人の視線がガッチリとぶっつかってしまった。すると、彼は何か恥かし相《そう》に脣《くちびる》の隅を曲げて、幽《かす》かに笑って見せるのであった。私も思わず首を動かして挨拶《あいさつ》を返した。

それから、小駅を二三通過する間、私達はお互《たがい》の隅に坐ったまま、遠くから、時々視線をまじえては、気まずく外方《そっぽ》を向くことを、繰返していた。外は全く暗闇になっていた。窓ガラスに顔を押しつけて覗いて見ても、時たま沖の漁船の舷燈《げんとう》が遠く遠くポッツリと浮んでいる外には、全く何の光りもなかった。際涯《はてし》のない暗闇の中に、私達の細長い車室丈《だ》けが、たった一つの世界の様に、いつまでもいつまでも、ガタンガタンと動いて行った。そのほの暗い車室の中に、私達二人丈けを取り残して、全世界が、あらゆる生き物が、跡方《あとかた》もなく消え失《う》せてしまった感じであった。

私達の二等車には、どの駅からも一人の乗客もなかったし、列車ボーイや車掌も一度も姿を見せなかった。そういう事も今になって考えて見ると、甚だ奇怪に感じられるのである。

私は、四十歳にも六十歳にも見える、西洋の魔術師の様な風采《ふうさい》のその男が、段々怖くなって来た。怖さというものは、外《ほか》にまぎれる事柄のない場合には、無限に大きく、身体《からだ》中一杯に拡がって行くものである。私は遂《つい》には、産毛《うぶげ》の先までも怖さが満ちて、たまらなくなって、突然立上ると、向うの隅のその男の方へツカツカと歩いて行った。その男がいとわしく、恐ろしければこそ、私はその男に近づいて行ったのであった。

私は彼と向き合ったクッションへ、そっと腰をおろし、近寄れば一層異様に見える彼の皺だらけの白い顔を、私自身が妖怪ででもある様な、一種不可思議な、顛倒《てんとう》した気持で、目を細く息を殺してじっと覗き込んだものである。

男は、私が自分の席を立った時から、ずっと目で私を迎える様にしていたが、そうして私が彼の顔を覗き込むと、待ち受けていた様に、顎《あご》で傍《かたわ》らの例の扁平な荷物を指し示し、何の前置きもなく、さもそれが当然の挨拶ででもある様に、

「これでございますか」

と云った。その口調が、余り当り前であったので、私は却《かえっ》て、ギョッとした程であった。

「これが御覧になりたいのでございましょう」

私が黙っているので、彼はもう一度同じことを繰返した。

「見せて下さいますか」

私は相手の調子に引込まれて、つい変なことを云ってしまった。私は決してその荷物を見たい為《ため》に席を立った訳《わけ》ではなかったのだけれど。

「喜んで御見せ致しますよ。わたくしは、さっきから考えていたのでございますよ。あなたはきっとこれを見にお出《い》でなさるだろうとね」

男は——寧《むし》ろ老人と云った方がふさわしいのだが——そう云いながら、長い指で、器用に大風呂敷をほどいて、その額みたいなものを、今度は表を向けて、窓の所へ立てかけたのである。

私は一目チラッと、その表面を見ると、思わず目をとじた。何《な》故《ぜ》であったか、その理由は今でも分らないのだが、何となくそうしなければならぬ感じがして、数秒の間目をふさいでいた。再び目を開《あ》いた時、私の前に、嘗て見たことのない様な、奇妙なものがあった。と云って、私はその「奇妙」な点をハッキリと説明する言葉を持たぬのだが。

額には歌舞伎《かぶき》芝居の御殿の背景みたいに、幾《いく》つもの部屋を打抜いて、極度の遠近法で、青畳《あおだたみ》と格子天井《こうしてんじょう》が遥か向うの方まで続いている様な光景が、藍《あい》を主とした泥絵具《どろえのぐ》で毒々しく塗りつけてあった。左手の前方には、墨黒々と不細工《ぶさいく》な書院風の窓が描かれ、同じ色の文机《ふづくえ》が、その傍《そば》に角度を無視した描き方で、据えてあった。それらの背景は、あの絵馬札《えまふだ》の絵の独特な画風に似ていたと云えば、一番よく分るであろうか。

その背景の中に、一尺位の丈《たけ》の二人の人物が浮き出していた。浮き出していたと云うのは、その人物丈けが、押絵細工で出来ていたからである。黒天鵞絨《くろびろうど》の古風な洋服を着た白髪《しらが》の老人が、窮《きゅう》屈《くつ》そうに坐っていると、(不思議なことには、その容貌が、髪の色を除くと、額の持主の老人にそのままなばかりか、着ている洋服の仕立方までそっくりであった)緋鹿《ひか》の子《こ》の振袖《ふりそで》に、黒繻子の帯の映りのよい十七八の、水のたれる様な結綿《ゆいわた》の美少女が、何とも云えぬ嬌羞《きょうしゅう》を含んで、その老人の洋服の膝《ひざ》にしなだれかかっている、謂《い》わば芝居の濡れ場に類する画面であった。

洋服の老人と色娘の対照と、甚だ異様であったことは云うまでもないが、だが私が「奇妙」に感じたというのはそのことではない。

背景の粗雑に引かえて、押絵の細工の精巧なことは驚くばかりであった。顔の部分は、白絹は凹凸《おうとつ》を作って、細い皺まで一つ一つ現わしてあったし、娘の髪は、本当の毛髪を一本一本植えつけて、人間の髪を結う様に結ってあり、老人の頭は、これも多分本物の白髪を、丹念に植えたものに相違なかった。洋服には正しい縫い目があり、適当な場所に粟粒《あわつぶ》程の釦《ぼたん》までつけてあるし、娘の乳のふくらみと云い、腿のあたりの艶《なま》めいた曲線と云い、こぼれた緋縮緬《ひぢりめん》、チラと見える肌の色、指には貝殻《かいがら》の様な爪が生えていた。虫眼鏡《むしめがね》で覗いて見たら、毛穴や産毛まで、ちゃんと拵《こしら》えてあるのではないかと思われた程である。

私は押絵と云えば、羽子板《はごいた》の役者の似顔の細工しか見たことがなかったが、そして、羽子板の細工にも、随分《ずいぶん》精巧なものもあるのだけれど、この押絵は、そんなものとは、まるで比較にもならぬ程、巧緻《こうち》を極めていたのである。恐らくその道の名人の手に成ったものであろうか。だが、それが私の所謂《いわゆる》「奇妙」な点ではなかった。

額全体が余程《よほど》古いものらしく、背景の泥絵具は所々はげ落《おち》ていたし、娘の緋鹿の子も、老人の天鵞絨も、見る影もなく色あせていたけれど、はげ落ち色あせたなりに、名状《めいじょう》し難《がた》き毒々しさを保ち、ギラギラと、見る者の眼底に焼《やき》つく様な生気を持っていたことも、不思議と云えば不思議であった。だが、私の「奇妙」という意味はそれでもない。

それは、若し強《しい》て云うならば、押絵の人物が二つとも、生きていたことである。

文楽《ぶんらく》の人形芝居で、一日の演技の内に、たった一度か二度、それもほんの一瞬間、名人の使っている人形が、ふと神の息吹《いぶき》をかけられでもした様に、本当に生きていることがあるものだが、この押絵の人物は、その生きた瞬間の人形を、命の逃げ出す隙《すき》を与えず、咄嗟《とっさ》の間に、そのまま板にはりつけたという感じで、永遠に生きながらえているかと見えたのである。

私の表情に驚きの色を見て取ったからか、老人は、いとたのもしげな口調で、殆《ほとん》ど叫ぶ様に、

「アア、あなたは分って下さるかも知れません」

と云いながら、肩から下げていた、黒革《くろかわ》のケースを、叮嚀に鍵《かぎ》で開いて、その中から、いとも古風な双眼鏡を取り出してそれを私の方へ差出すのであった。

「コレ、この遠眼鏡《とおめがね》で一度御覧下さいませ。イエ、そこからでは近すぎます。失礼ですが、もう少しあちらの方から。左様《さよう》丁度その辺がようございましょう」

誠に異様な頼みではあったけれど、私は限りなき好奇心のとりことなって、老人の云うがままに、席を立って額から五六歩遠ざかった。老人は私の見易い様に、両手で額を持って、電燈にかざしてくれた。今から思うと、実に変てこな、気違いめいた光景であったに相違ないのである。

遠眼鏡と云うのは、恐らく二三十年も以前の舶来品であろうか、私達が子供の時分、よく眼鏡屋の看板で見かけた様な、異様な形のプリズム双眼鏡であったが、それが手摺《てず》れの為に、黒い覆皮《おおいがわ》がはげて、所々真鍮《しんちゅう》の生地《きじ》が現われているという、持主の洋服と同様に、如何《いか》にも古風な、物懐《ものなつ》かしい品物であった。

私は珍らしさに、暫《しばら》くその双眼鏡をひねくり廻《まわ》していたが、やがて、それを覗く為に、両手で眼の前に持って行った時である。突然、実に突然、老人が悲鳴に近い叫声《さけびごえ》を立てたので、私は、危《あやう》く眼鏡を取落す所であった。

「いけません。いけません。それはさかさですよ。さかさに覗いてはいけません。いけません」

老人は、真青《まっさお》になって、目をまんまるに見開いて、しきりと手を振っていた。双眼鏡を逆に覗くことが、何《な》ぜそれ程大変なのか、私は老人の異様な挙動を理解することが出来なかった。

「成程《なるほど》、成程、さかさでしたっけ」

私は双眼鏡を覗くことに気を取られていたので、この老人の不審な表情を、さして気にもとめず、眼鏡を正しい方向に持ち直すと、急いでそれを目に当てて押絵の人物を覗いたのである。

焦点が合って行くに従って、二つの円形の視野が、徐々に一つに重なり、ボンヤリとした虹の様なものが、段々ハッキリして来ると、びっくりする程大きな娘の胸から上が、それが全世界ででもある様に、私の眼界一杯に拡がった。

あんな風な物の現われ方を、私はあとにも先にも見たことがないので、読む人に分らせるのが難儀なのだが、それに近い感じを思い出して見ると、例えば、舟の上から、海にもぐった蜑《あま》の、ある瞬間の姿に似ていたとでも形容すべきであろうか。蜑の裸身《はだかみ》が、底の方にある時は、青い水の層の複雑な動揺の為に、その身体が、まるで海草の様に、不自然にクネクネと曲り、輪廓《りんかく》もぼやけて、白っぽいお化《ばけ》みたいに見えているが、それが、つうッと浮上って来るに従って、水の層の青さが段々薄くなり、形がハッキリして来て、ポッカリと水上に首を出すと、その瞬間、ハッと目が覚めた様に、水中の白いお化が、忽《たちま》ち人間の正体を現わすのである。丁度それと同じ感じで、押絵の娘は、双眼鏡の中で、私の前に姿を現わし、実物大の、一人の生きた娘として、蠢《うごめ》き始めたのである。

十九世紀の古風なプリズム双眼鏡の玉の向う側には、全く私達の思いも及ばぬ別世界があって、そこに結綿《ゆいわた》の色娘《いろむすめ》と、古風な洋服の白髪男とが、奇怪な生活を営んでいる。覗いては悪いものを、私は今魔法使に覗かされているのだ。といった様な形容の出来ない変てこな気持で、併し私は憑《つ》かれた様にその不可思議な世界に見入ってしまった。

娘は動いていた訳ではないが、その全身の感じが、肉眼で見た時とは、ガラリと変って、生気に満ち、青白い顔がやや桃色に上気し、胸は脈打ち（実際私は心臓の鼓動《こどう》をさえ聞いた）肉体からは縮緬の衣裳を通して、むしむしと、若い女の生気が蒸発して居る様に思われた。

私は一渡り、女の全身を、双眼鏡の先で、嘗《な》め廻してから、その娘がしなだれ掛っている、仕合《しあわ》せな白髪男の方へ眼鏡を転じた。

老人も、双眼鏡の世界で、生きていたことは同じであったが、見た所四十程も年の違う、若い女の肩に手を廻して、さも幸福そうな形でありながら、妙なことには、レンズ一杯の大きさに写った、彼の皺の多い顔が、その何百本の皺の底で、いぶかしく苦悶《くもん》の相を現わしているのである。それは、老人の顔がレンズの為に眼前一尺の近さに、異様に大きく迫っていたからでもあったであろうが、見つめていればいる程、ゾッと怖くなる様な、悲痛と恐怖との混り合った一種異様の表情であった。

それを見ると、私はうなされた様な気分になって、双眼鏡を覗いていることが、耐え難く感じられたので、思わず、目を離して、キョロキョロとあたりを見廻した。すると、それはやっぱり淋しい夜の汽車の中であって、押絵の額も、それをささげた老人の姿も、元のままで、窓の外は真暗《まっくら》だし、単調な車輪の響《ひびき》も、変りなく聞えていた。悪夢から醒《さ》めた気持であった。

「あなた様は、不思議相《そう》な顔をしておいでなさいますね」

老人は額を、元の窓の所へ立てかけて、席につくと、私にもその向う側へ坐る様に、手真似をしながら、私の顔を見つめて、こんなことを云った。

「私の頭が、どうかしている様です。いやに蒸《む》しますね」

私はてれ隠しみたいな挨拶をした。すると老人は、猫背《ねこぜ》になって、顔をぐっと私の方へ近寄せ、膝の上で細長い指を合図でもする様に、ヘラヘラと動かしながら、低い低い囁《ささや》き声になって、

「あれらは、生きて居りましたろう」

と云った。そして、さも一大事を打開けるといった調子で、一層猫背になって、ギラギラした目をまん丸に見開いて、私の顔を穴のあく程見つめながら、こんなことを囁くのであった。

「あなたは、あれらの、本当の身の上話を聞き度《た》いとはおぼしめしませんかね」

私は汽車の動揺と、車輪の響の為に、老人の低い、呟《つぶや》く様な声を、聞き間違えたのではないかと思った。

「身の上話とおっしゃいましたか」

「殊《こと》に、一方の、白髪の老人の身の上話をでございますよ」老人はやっぱり低い声で答えた。

「若い時分からのですか」

私も、その晩は、何故《なぜ》か妙に調子はずれな物の云い方をした。

「ハイ、あれが二十五歳の時のお話でございますよ」

「是非《ぜひ》うかがいたいものですね」

私は、普通の生きた人間の身の上話をでも催促する様に、ごく何でもないことの様に、老人をうながしたのである。すると、老人は顔の皺を、さも嬉しそうにゆがめて、「アア、あなたは、やっぱり聞いて下さいますね」と云いながら、さて、次の様な世にも不思議な物語を始めたのであった。

「それはもう、一生涯の大事件ですから、よく記憶して居ります が、明治二十八年の四月の、兄があんなに（と云って彼は押絵の 老人を指さした）なりましたのが、二十七日の夕方のことでござ りました。当時、私も兄も、まだ部屋住みで、住居《すまい》は日本橋通《にほんばしとおり》三 丁目でして、親爺《おやじ》が呉服商を営んで居りましたがね。何でも浅草 の十二階が出来て、間もなくのことでございましたよ。だもんで すから、兄なんぞは、毎日の様にあの凌雲閣《りょううんかく》へ昇って喜んでいた ものです。と申しますのが、兄は妙に異国物が好きで、新しがり 屋でございましたからね。この遠眼鏡にしろ、やっぱりそれで、兄 が外国船の船長の持物だったという奴を、横浜《よこはま》の支那人町の、変 てこな道具屋の店先で、めっけて来ましてね。当時にしちゃあ、 随分高いお金を払ったと申して居りましたっけ」

老人は「兄が」と云うたびに、まるでそこにその人が坐ってでもいる様に、押絵の老人の方に目をやったり、指さしたりした。老人は彼の記憶にある本当の兄と、その押絵の白髪の老人とを、混同して、押絵が生きて彼の話を聞いてでもいる様な、すぐ側《そば》に第三者を意識した様な話し方をした。だが、不思議なことに、私はそれを少しもおかしいとは感じなかった。私達はその瞬間、自然の法則を超越した、我々の世界とどこかで喰違っている処《ところ》の、別の世界に住んでいたらしいのである。

「あなたは、十二階へ御昇りなすったことがおありですか。アア、おありなさらない。それは残念ですね。あれは一体どこの魔法使が建てましたものか、実に途方もない、変てこれんな代物でございましたよ。表面は伊太利《イタリー》の技師のバルトンと申すものが設計したことになっていましたがね。まあ考えて御覧なさい。その頃の浅草公園と云えば、名物が先ず蜘蛛男《くもおとこ》の見世物《みせもの》、娘剣舞に、玉乗り、源水の独楽廻《こままわ》しに、覗きからくりなどで、せいぜい変った所が、お富士さまの作り物に、メーズと云って、八陣隠れ杉の見世物位でございましたからね。そこへあなた、ニョキニョキと、まあ飛んでもない高い煉瓦造《れんがづく》りの塔が出来ちまったんですから、驚くじゃござんせんか。高さが四十六間と申しますから、半丁の余で、八角型の頂上が、唐人《とうじん》の帽子みたいに、とんがっていて、ちょっと高台へ昇りさえすれば、東京中どこからでも、その赤いお化が見られたものです。

今も申す通り、明治二十八年の春、兄がこの遠眼鏡を手に入れて間もない頃でした。兄の身に妙なことが起って参りました。親爺なんぞ、兄め気でも違うのじゃないかって、ひどく心配して居りましたが、私もね、お察しでしょうが、馬鹿に兄思いでしてね、兄の変てこれんなそぶりが、心配で心配でたまらなかったものです。

どんな風かと申しますと、兄はご飯もろくろくたべないで、家内の者とも口を利かず、家《うち》にいる時は一間にとじ籠《こも》って考え事ばかりしている。身体は痩《や》せてしまい、顔は肺病やみの様に土気色《つちけいろ》で、目ばかりギョロギョロさせている。尤《もっと》も平常《ふだん》から顔色のいい方じゃあござんせんでしたがね。それが一倍青ざめて、沈んでいるのですから、本当に気の毒な様でした。その癖《くせ》ね、そんなでいて、毎日欠かさず、まるで勤めにでも出る様に、おひるッから、日暮れ時分まで、フラフラとどっかへ出掛けるんです。どこへ行くのかって、聞いて見ても、ちっとも云いません。母親が心配して、兄のふさいでいる訳を、手を変え品を変え尋ねても、少しも打開《うちあ》けません。そんなことが一月程も続いたのですよ。

あんまり心配だものだから、私はある日、兄が一体どこへ出掛るのかと、ソッとあとをつけました。そうする様に、母親が私に頼むもんですからね。兄はその日も、丁度今日の様などんよりとした、いやな日でござんしたが、おひる過《すぎ》から、その頃兄の工《く》風《ふう》で仕立てさせた、当時としては飛び切りハイカラな、黒天鵞絨の洋服を着ましてね、この遠眼鏡を肩から下げ、ヒョロヒョロと、日本橋通りの、馬車鉄道の方へ歩いて行くのです。私は兄に気どられぬ様に、ついて行った訳ですよ。よござんすか。しますとね、

兄は上野《うえの》行きの馬車鉄道を待ち合わせて、ひょいとそれに乗り込んでしまったのです。当今の電車と違って、次の車に乗ってあとをつけるという訳には行きません。何しろ車台が少《すく》のござんすからね。私は仕方がないので母親に貰《もら》ったお小遣いをふんぱつして、人力車に乗りました。人力車だって、少し威勢のいい挽子《ひきこ》なれば馬車鉄道を見失わない様に、あとをつけるなんぞ、訳なかったものでございますよ。

兄が馬車鉄道を降りると、私も人力車を降りて、又テクテクと跡をつける。そうして、行きついた所が、なんと浅草の観音様じゃございませんか。兄は仲店《なかみせ》から、お堂の前を素通りして、お堂裏の見世物小屋の間を、人波をかき分ける様にしてさっき申上げた十二階の前まで来ますと、石の門を這入《はい》って、お金を払って「凌雲閣」という額の上った入口から、塔の中へ姿を消したじゃあございませんか。まさか兄がこんな所へ、毎日毎日通《かよ》っていようとは、夢にも存じませんので、私はあきれてしまいましたよ。子供心にね、私はその時まだ二十《はたち》にもなってませんでしたので、兄はこの十二階の化物に魅入《みい》られたんじゃないかなんて、変なことを考えたものですよ。

私は十二階へは、父親につれられて、一度昇った切りで、その後行ったことがありませんので、何だか気味が悪い様に思いましたが、兄が昇って行くものですから、仕方がないので、私も、一階位おくれて、あの薄暗い石の段々を昇って行きました。窓も大きくございませんし、煉瓦の壁が厚うございますので、穴蔵の様に冷々と致しましてね。それに日清《にっしん》戦争の当時ですから、その頃は珍らしかった、戦争の油絵が、一方の壁にずっと懸け並べてあります。まるで狼みたいな、おっそろしい顔をして、吠えながら、突貫している日本兵や、剣つき鉄砲に脇腹をえぐられ、ふき出す血のりを両手で押さえて、顔や唇を紫色にしてもがいている支那兵や、ちょんぎられた辮髪《べんぱつ》の頭が、風船玉の様に空高く飛上っている所や、何とも云えない毒々しい、血みどろの油絵が、窓からの薄暗い光線で、テラテラと光っているのでございますよ。その間を、陰気な石の段々が、蝸牛《かたつむり》の殻《から》みたいに、上へ上へと際限もなく続いて居ります。本当に変てこれんな気持ちでしたよ。

頂上は八角形の欄干《らんかん》丈けで、壁のない、見晴らしの廊下になっていましてね、そこへたどりつくと、俄《にわか》にパッと明るくなって、今までの薄暗い道中が長うございましただけに、びっくりしてしまいます。雲が手の届きそうな低い所にあって、見渡すと、東京中の屋根がごみみたいに、ゴチャゴチャしていて、品川《しながわ》の御台場《おだいば》が、盆石《ぼんせき》の様に見えて居ります。目まいがしそうなのを我慢して、下を覗きますと、観音様《かんのんさま》の御堂だってずっと低い所にありますし、小屋掛けの見世物が、おもちゃの様で、歩いている人間が、頭と足ばかりに見えるのです。

頂上には、十人余りの見物が一かたまりになっておっかな相な顔をして、ボソボソ小声で囁きながら、品川の海の方を眺めて居りましたが、兄はと見ると、それとは離れた場所に、一人ぼっちで、遠眼鏡を目に当てて、しきりと浅草の境内《けいだい》を眺め廻して居りました。それをうしろから見ますと、白っぽくどんよりどんよりとした雲ばかりの中に、兄の天鵞絨の洋服姿が、クッキリと浮上って、下の方のゴチャゴチャしたものが何も見えぬものですから、兄だということは分っていましても、何だか西洋の油絵の中の人物みたいな気持がして、神々《こうごう》しい様で、言葉をかけるのも憚《はばか》られた程でございましたっけ。

でも、母の云いつけを思い出しますと、そうもしていられませんので、私は兄のうしろに近づいて『兄さん何を見ていらっしゃいます』と声をかけたのでございます。兄はビクッとして、振向きましたが、気拙《きまず》い顔をして何も云いません。私は『兄さんの此《この》頃《ごろ》の御様子には、御父さんもお母さんも大変心配していらっしゃいます。毎日毎日どこへ御出掛なさるのかと不思議に思って居りましたら、兄さんはこんな所へ来ていらしったのでございますね。どうかその訳を云って下さいまし。日頃仲よしの私に丈けでも打開けて下さいまし』と、近くに人のいないのを幸いに、その塔の上で、兄をかき口説《くど》いたものですよ。

仲々打開けませんでしたが、私が繰返し繰返し頼むものですから、兄も根負《こんま》けをしたと見えまして、とうとう一ヶ月来の胸の秘密を私に話してくれました。ところが、その兄の煩悶《はんもん》の原因と申すものが、これが又誠に変てこれんな事柄だったのでございますよ。兄が申しますには、一月ばかり前に、十二階へ昇りまして、この遠眼鏡で観音様の境内を眺めて居りました時、人込みの間に、チラッと、一人の娘の顔を見たのだ相でございます。その娘が、それはもう何とも云えない、この世のものとも思えない、美しい人で、日頃女には一向《いっこう》冷淡であった兄も、その遠眼鏡の中の娘丈けには、ゾッと寒気がした程も、すっかり心を乱されてしまったと申しますよ。

その時兄は、一目見た丈けで、びっくりして、遠眼鏡をはずしてしまったものですから、もう一度見ようと思って、同じ見当を夢中になって探した相ですが、眼鏡の先が、どうしてもその娘の顔にぶっつかりません。遠眼鏡では近くに見えても実際は遠方のことですし、沢山の人混みの中ですから、一度見えたからと云って、二度目に探し出せると極《き》まったものではございませんからね。

それからと申すもの、兄はこの眼鏡の中の美しい娘が忘れられず、極々《ごくごく》内気なひとでしたから、古風な恋わずらいをわずらい始めたのでございます。今のお人はお笑いなさるかも知れませんが、その頃の人間は、誠におっとりしたものでして、行きずりに一目見た女を恋して、わずらいついた男なども多かった時代でございますからね。云うまでもなく、兄はそんなご飯もろくろくたべられない様な、衰えた身体を引きずって、又その娘が観音様の境内を通りかかることもあろうかと悲しい空頼《そらだの》みから、毎日毎日、勤めの様に、十二階に昇っては、眼鏡を覗いていた訳でございます。恋というものは、不思議なものでございますね。

兄は私に打開けてしまうと、又熱病やみの様に眼鏡を覗き始めましたっけが、私は兄の気持にすっかり同情致しましてね、千に一つも望みのない、無駄《むだ》な探し物ですけれど、お止《よ》しなさいと止めだてする気も起らず、余りのことに涙ぐんで、兄のうしろ姿をじっと眺めていたものですよ。するとその時……ア、私はあの怪しくも美しかった光景を、忘れることが出来ません。三十年以上も昔のことですけれど、こうして眼をふさぎますと、その夢の様な色どりが、まざまざと浮んで来る程でございます。

さっきも申しました通り、兄のうしろに立っていますと、見えるものは、空ばかりで、モヤモヤとした、むら雲の中に、兄のほっそりとした洋服姿が、絵の様に浮上って、むら雲の方で動いているのを、兄の身体が宙に漂うかと見誤《みあやま》るばかりでございました。がそこへ、突然、花火でも打上げた様に、白っぽい大空の中を、赤や青や紫の無数の玉が、先を争って、フワリフワリと昇って行ったのでございます。お話したのでは分りますまいが、本当に絵の様で、又何かの前兆の様で、私は何とも云えない怪しい気持になったものでした。何であろうと、急いで下を覗いて見ますと、どうかしたはずみで、風船屋が粗相《そそう》をして、ゴム風船を、一度に空へ飛ばしたものと分りましたが、その時分は、ゴム風船そのものが、今よりはずっと珍らしゅうございましたから正体が分っても、私はまだ妙な気持がして居りましたものですよ。

妙なもので、それがきっかけになったという訳でもありますまいが、丁度その時、兄は非常に興奮した様子で、青白い顔をぽっと赤らめ息をはずませて、私の方へやって参り、いきなり私の手をとって『さあ行こう。早く行かぬと間に合わぬ』と申して、グングン私を引張るのでございます。引張られて、塔の石段をかけ降りながら、訳を尋ねますと、いつかの娘さんが見つかったらしいので、青畳《あおだたみ》を敷いた広い座敷に坐っていたから、これから行っても大丈夫元の所にいると申すのでございます。

兄が見当をつけた場所というのは、観音堂の裏手の、大きな松の木が目印で、そこに広い座敷があったと申すのですが、さて、二人でそこへ行って、探して見ましても、松の木はちゃんとありますけれど、その近所には、家らしい家もなく、まるで狐につまれた様な塩梅《あんばい》なのですよ。兄の気の迷いだとは思いましたが、しおれ返っている様子が、余り気の毒だものですから、気休めに、その辺の掛茶屋などを尋ね廻って見ましたけれども、そんな娘さんの影も形もありません。

探している間に、兄と分れ分れになってしまいましたが、掛茶屋を一巡して、暫くたって元の松の木の下へ戻って参りますとね、そこには色々な露店に並んで、一軒の覗きからくり屋が、ピシャンピシャンと鞭《むち》の音を立てて、商売をして居りましたが、見ますと、その覗きの眼鏡を、兄が中腰になって、一生懸命覗いていたじゃございませんか。『兄さん何をしていらっしゃる』と云って、肩を叩きますと、ビックリして振向きましたが、その時の兄の顔を、私は今だに忘れることが出来ませんよ。何と申せばよろしいか、夢を見ている様なとでも申しますか、顔の筋がたるんでしまって、遠い所を見ている目つきになって、私に話す声さえも、変にうつろに聞えたのでございます。そして、『お前、私達が探していた娘さんはこの中にいるよ』と申すのです。

そう云われたものですから、私は急いでおあしを払って、覗きの眼鏡を覗いて見ますと、それは八百屋お七の覗きからくりでした。丁度吉祥寺《きちしょうじ》の書院で、お七が吉三《きちざ》にしなだれかかっている絵が出て居りました。忘れもしません。からくり屋の夫婦者は、しわがれ声を合せて、鞭で拍子を取りながら、『膝でつっらついて、目で知らせ』と申す文句を歌っている所でした。アア、あの『膝でつっらついて、目で知らせ』という変な節廻《ふしまわ》しが、耳についている様でございます。

覗き絵の人物は押絵になって居りましたが、その道の名人の作であったのでしょうね。お七の顔の生々として綺麗であったこと。私の目にさえ本当に生きている様に見えたのですから、兄があんなことを申したのも、全く無理はありません。兄が申しますには『仮令《たとい》この娘さんが、拵えものの押絵だと分っても、私はどうもあきらめられない。悲しいことだがあきらめられない。たった一度でいい、私もあの吉三の様な、押絵の中の男になって、この娘さんと話がして見たい』と云って、ぼんやりと、そこに突っ立ったまま、動こうともしないのでございます。考えて見ますとその覗きからくりの絵が、光線を取る為に上の方が開《あ》けてあるので、それが斜めに十二階の頂上からも見えたものに違いありません。

その時分には、もう日が暮《くれ》かけて、人足《ひとあし》もまばらになり、覗きの前にも、二三人のおかっぱの子供が、未練らしく立去り兼ねて、うろうろしているばかりでした。昼間からどんよりと曇っていたのが、日暮には、今にも一雨来そうに、雲が下って来て、一層圧《おさ》えつけられる様な、気でも狂うのじゃないかと思う様な、いやな天候になって居りました。そして、耳の底にドロドロと太鼓《たいこ》の鳴っている様な音が聞えているのですよ。その中で、兄は、じっと遠くの方を見据えて、いつまでもいつまでも、立ちつくして居りました。その間が、たっぷり一時間はあった様に思われます。

もうすっかり暮切《くれき》って、遠くの玉乗りの花瓦斯《はなガス》が、チロチロと美しく輝き出した時分に、兄はハッと目が醒めた様に、突然私の腕を掴《つか》んで『アア、いいことを思いついた。お前、お頼みだから、この遠眼鏡をさかさにして、大きなガラス玉の方を目に当てて、そこから私を見ておくれでないか』と、変なことを云い出しました。『何故です』って尋ねても、『まあいいから、そうしてお呉《く》れな』と申して聞かないのでございます。一体私は生れつき眼鏡類を、余り好みませんので、遠眼鏡にしろ、顕微鏡にしろ、遠い所の物が、目の前へ飛びついて来たり、小さな虫けらが、けだものみたいに大きくなる、お化じみた作用が薄気味悪いのですよ。で、兄の秘蔵の遠眼鏡も、余り覗いたことがなく、覗いたことが少い丈けに、余計それが魔性《ましょう》の器械に思われたものです。しかも、日が暮て人顔もさだかに見えぬ、うすら淋しい観音堂の裏で、遠眼鏡をさかさにして、兄を覗くなんて、気違いじみてもいますれば、薄気味悪くもありましたが、兄がたって頼むものですから、仕方なく云われた通りにして覗いたのですよ。さかさに覗くのですから、二三間向うに立っている兄の姿が、二尺位に小さくなって、小さい丈けに、ハッキリと、闇の中に浮出して見えるのです。外《ほか》の景色は何も映らないで、小さくなった兄の洋服姿丈けが、眼鏡の真中に、チンと立っているのです。それが、多分兄があとじさりに歩いて行ったのでしょう。見る見る小さくなって、とうとう一尺位の、人形みたいな可愛らしい姿になってしまいました。そして、その姿が、ツーッと宙に浮いたかと見ると、アッと思う間に、闇の中へ溶け込んでしまったのでございます。

私は怖くなって、(こんなことを申すと、年甲斐《としがい》もないと思召《おぼしめし》ましょうが、その時は、本当にゾッと、怖さが身にしみたものですよ)いきなり眼鏡を離して、「兄さん」と呼んで、兄の見えなくなった方へ走り出しました。ですが、どうした訳か、いくら探しても探しても兄の姿が見えません。時間から申しても、遠くへ行った筈《はず》はないのに、どこを尋ねても分りません。なんと、あなた、こうして私の兄は、それっきり、この世から姿を消してしまったのでございますよ……それ以来というもの、私は一層遠眼鏡という魔性の器械を恐れる様になりました。殊《こと》にも、このどこの国の船長とも分らぬ、異人の持物であった遠眼鏡が、特別いやでして、外《ほか》の眼鏡は知らず、この眼鏡丈けは、どんなことがあっても、さかさに見てはならぬ。さかさに覗けば凶事が起ると、固く信じているのでございます。あなたがさっき、これをさかさにお持ちなすった時、私が慌《あわ》ててお止め申した訳がお分りでございましょう。

ところが、長い間探し疲れて、元の覗き屋の前へ戻って参った時でした。私はハタとある事に気がついたのです。と申すのは、兄は押絵の娘に恋こがれた余り、魔性の遠眼鏡の力を借りて、自分の身体を押絵の娘と同じ位の大きさに縮めて、ソッと押絵の世界へ忍び込んだのではあるまいかということでした。そこで、私はまだ店をかたづけないでいた覗き屋に頼みまして、吉祥寺の場を見せて貰いましたが、なんとあなた、案《あん》の定《じょう》、兄は押絵になって、カンテラの光りの中で、吉三の代りに、嬉し相な顔をして、お七を抱きしめていたではありませんか。

でもね、私は悲しいとは思いませんで、そうして本望《ほんもう》を達した、兄の仕合せが、涙の出る程嬉しかったものですよ。私はその絵をどんなに高くてもよいから、必ず私に譲ってくれと、覗き屋に固い約束をして、(妙なことに、小姓の吉三の代りに洋服姿の兄が坐っているのを、覗き屋は少しも気がつかない様子でした)家へ飛んで帰って、一伍一什《いちぶしじゅう》を母に告げました所、父も母も、何を云うのだ。お前は気でも違ったのじゃないかと申して、何と云っても取上げてくれません。おかしいじゃありませんか。ハハハハハハ」

老人は、そこで、さもさも滑稽《こっけい》だと云わぬばかりに笑い出した。

そして、変なことには、私も亦《また》、老人に同感して、一緒になって、ゲラゲラと笑ったのである。

「あの人たちは、人間は押絵なんぞになるものじゃないと思い込んでいたのですよ。でも押絵になった証拠には、その後《のち》兄の姿が、ふっつりと、この世から見えなくなってしまったじゃありませんか。それをも、あの人たちは、家出したのだなんぞと、まるで見当違いな当て推量をしているのですよ。おかしいですね。結局、私は何と云われても構わず、母にお金をねだって、とうとうその覗き絵を手に入れ、それを持って、箱根《はこね》から鎌倉《かまくら》の方へ旅をしました。それはね、兄に新婚旅行がさせてやりたかったからですよ。こうして汽車に乗って居りますと、その時のことを思い出してなりません。やっぱり、今日の様に、この絵を窓に立てかけて、兄や兄の恋人に、外の景色を見せてやったのですからね。兄はどんなにか仕合せでございましたろう。娘の方でも、兄のこれ程の真心を、どうしていやに思いましょう。二人は本当の新婚者の様に、恥かし相に顔を赤らめながら、お互の肌と肌とを触れ合って、さもむつまじく、尽きぬ睦言《むつごと》を語り合ったものでございますよ。

その後、父は東京の商売をたたみ、富山《とやま》近くの故郷へ引込みましたので、それにつれて、私もずっとそこに住んで居りますが、あれからもう三十年の余になりますので、久々で兄にも変った東京が見せてやり度いと思いましてね、こうして兄と一緒に旅をしている訳でございますよ。

ところが、あなた、悲しいことには、娘の方は、いくら生きているとは云え、元々人の拵えたものですから、年をとるということがありませんけれど、兄の方は、押絵になっても、それは無理やりに形を変えたまでで、根が寿命のある人間のことですから、私達と同じ様に年をとって参ります。御覧下さいまし、二十五歳の美少年であった兄が、もうあの様に白髪になって、顔には醜い皺が寄ってしまいました。兄の身にとっては、どんなにか悲しいことでございましょう。相手の娘はいつまでも若くて美しいのに、自分ばかりが汚く老込んで行くのですもの。恐ろしいことです。兄は悲しげな顔をして居ります。数年以前から、いつもあんな苦し相な顔をして居ります。それを思うと、私は兄が気の毒で仕様《しよう》がないのでございますよ」

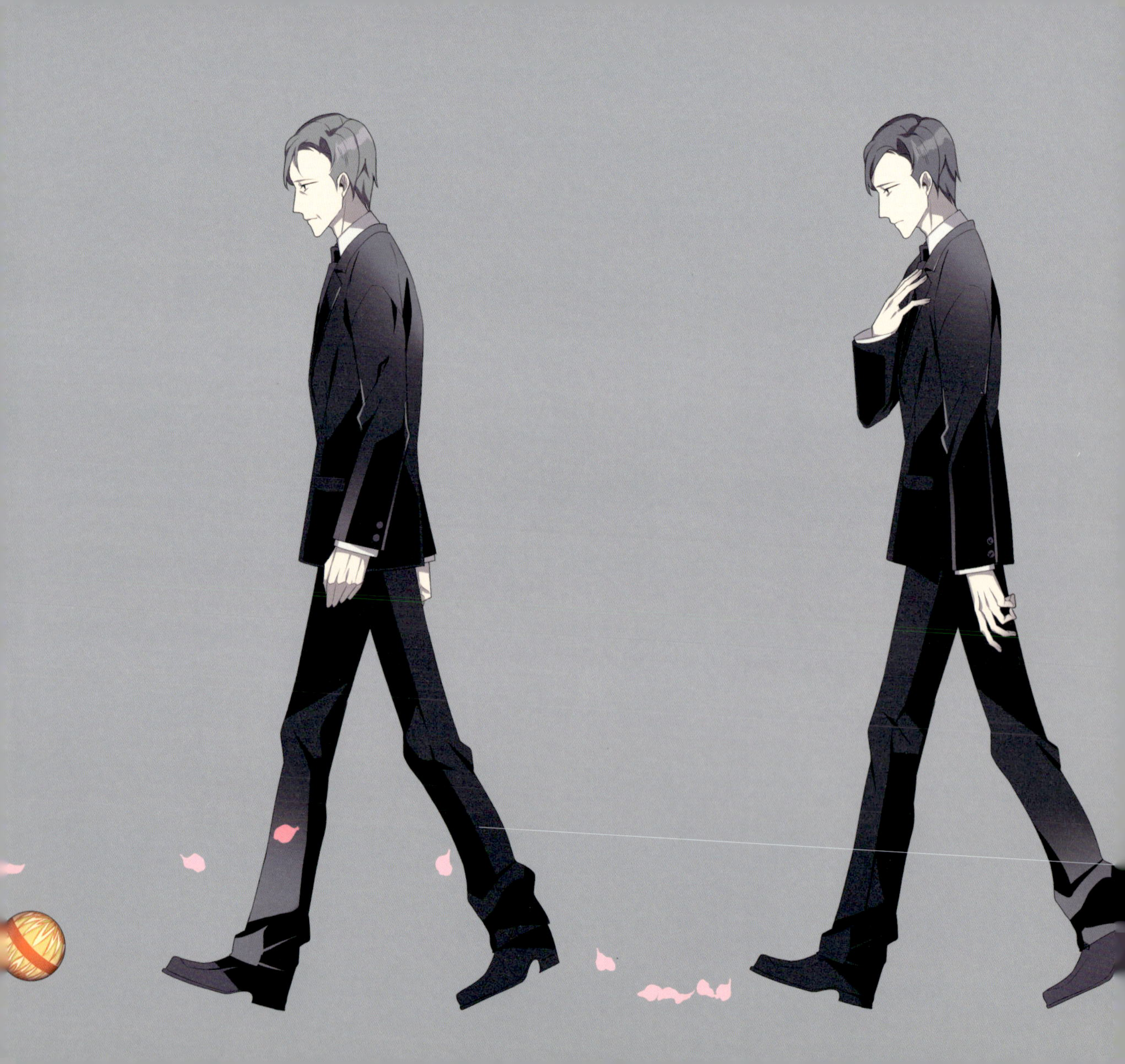

老人は暗然として押絵の中の老人を見やっていたが、やがて、ふと気がついた様に、

「アア、飛んだ長話を致しました。併し、あなたは分って下さいましたでしょうね。外の人達の様に、私を気違いだとはおっしゃいませんでしょうね。アア、それで私も話甲斐《はなしがい》があったと申すものですよ。どれ、兄さん達もくたびれたでしょう。それに、あなた方を前に置いて、あんな話をしましたので、さぞかし恥かしがっておいででしょう。では、今やすませて上げますよ」

と云いながら、押絵の額を、ソッと黒い風呂敷に包むのであった。その刹那、私の気のせいであったのか、押絵の人形達の顔が、少しくずれて、一寸恥かし相に、唇の隅で、私に挨拶の微笑を送った様に見えたのである。老人はそれきり黙り込んでしまった。私も黙っていた。汽車は相も変らず、ゴトンゴトンと鈍い音を立てて、闇の中を走っていた。

十分ばかりそうしていると、車輪の音がのろくなって、窓の外にチラチラと、二つ三つの燈火《あかり》が見え、汽車は、どことも知れぬ山間の小駅に停車した。駅員がたった一人、ぽっつりと、プラットフォームに立っているのが見えた。

「ではお先へ、私は一晩ここの親戚へ泊りますので」

老人は額の包みを抱《かか》えてヒョイと立上り、そんな挨拶を残して、車の外へ出て行ったが、窓から見ていると、細長い老人の後姿《うしろすがた》は(それが何と押絵の老人そのままの姿であったか)簡略な柵の所で、駅員に切符を渡したかと見ると、そのまま、背後の闇の中へ溶け込む様に消えて行ったのである。

※本書には、現在の観点から見ると差別用語と取られかねない表現が含まれていますが、原文の歴史性を考慮してそのままとしました。

乙女の本棚シリーズ

いっそこのまま、
少女のままで
死にたくなる。

東京に暮らす一人の少女。彼女のある1日の心の動きを描く。

『女生徒』
太宰治＋今井キラ
定価：本体一八〇〇円＋税

「あれらは、
生きて居りましたろう」

蜃気楼を見に行った帰り、私は汽車のなかで押絵を持った男と出会った。男は、その押絵について語り始め……。

『押絵と旅する男』
江戸川乱歩＋しきみ
定価：本体一八〇〇円＋税

猫、猫、猫、猫、猫、猫、猫。
どこを見ても猫ばかりだ。

温泉に滞留していた私は、あるとき迷子になり、見知らぬ町に辿りつくが、そこは不思議な光景が広がっていた。

『猫町』
萩原朔太郎＋しきみ
定価：本体一八〇〇円＋税

この美しい、
楽しい島は
もうスッカリ地獄です。

浜辺に流れ着いた3通の手紙。そこには、遭難した兄妹の無人島での生活が綴られていた。

『瓶詰地獄』
夢野久作＋ホノジロトヲジ
定価：本体一八〇〇円＋税

桜が散って、このように
葉桜のころになれば、
私は、きっと思い出します。

島根の城下まちに暮らす姉妹。病気の妹は、ある秘密を抱えていた。

『葉桜と魔笛』
太宰治＋紗久楽さわ
定価：本体一八〇〇円＋税

私の心の上には、
切ないほどはっきりと、
この光景が焼きつけられた。

横須賀線に乗った私。発車間際に乗り込んできた小娘と2人きり、列車は動き出すのだが……。

『蜜柑』
芥川龍之介＋げみ
定価：本体一八〇〇円＋税

その檸檬の冷たさは
たとえようもなく
よかった。

あてもなく京都をさまよっていた私は、果物屋で買った檸檬を手に丸善へと向かうが……。

『檸檬』
梶井基次郎＋げみ
定価：本体一八〇〇円＋税

押絵と旅する男

2017年12月13日　第1版1刷発行
2018年 9 月 3 日　第1版2刷発行

著者　江戸川 乱歩
絵　しきみ

発行人　古森 優
編集長　山口 一光
デザイン　根本 綾子
担当編集　切刀 匠

発行：立東舎
発売：株式会社リットーミュージック
〒101-0051 東京都千代田区神田神保町一丁目105番地

印刷・製本：株式会社廣済堂

【乱丁・落丁などのお問い合わせ】
TEL：03-6837-5017 ／ FAX：03-6837-5023
servicc@rittor music.co.jp
受付時間／10:00-12:00、13:00-17:30(土日、祝祭日、年末年始の休業日を除く)

【書店・取次様ご注文窓口】リットーミュージック受注センター
TEL：048-424-2293／FAX：048-424-2299

Printed in Japan　ISBN978-4-8456-3136-0

定価はカバーに表示しております。